美食诗选

二毛美食诗选

二毛 著

时代文艺出版社

图书在版编目（CIP）数据

二毛美食诗选 / 二毛 著．—长春：时代文艺出版社，2020.1

ISBN 978-7-5387-6177-1

Ⅰ.①二… Ⅱ.①二… Ⅲ.①诗集－中国－当代 Ⅳ.①I227

中国版本图书馆CIP数据核字（2019）第206186号

出品人 陈 琛
产品总监 邓淑杰
责任编辑 闫松莹
装帧设计 孙 力
插图作者 陈琰枫
排版制作 毛倩雯

二毛美食诗选

二毛 著

出版发行 / 时代文艺出版社
地址 / 长春市福祉大路5788号 龙腾国际大厦A座15层 邮编 / 130118
总编办 / 0431-81629751 发行部 / 0431-81629755 北京开发部 / 010-63108163
官方微博 / weibo.com / tlapress 天猫旗舰店 / sdwycbsgf.tmall.com
印刷 / 三河市万龙印装有限公司
开本 / 640mm × 910mm 1 / 16 字数 / 100千字 印张 / 10.75
版次 / 2020年1月第1版 印次 / 2020年1月第1次印刷 定价 / 28.00元

图书如有印装错误 请寄回印厂调换

幸福的人生不过如此

——序《二毛美食诗选》

苗人二毛，江湖人称二哥，20世纪80年代，在中国诗歌最重要“帮派”——“莽汉派”里，坐第五把交椅。前面几位，李亚伟、万夏、马松，以及自我放逐英伦三十年不归的胡冬，均是风云雷动的大侠，当代诗歌无法回避也无法绕过。亚伟当年曾有诗云：“数来数去，都是想象中的人物。”

二哥诗虽莽汉，人却温润，无张扬霸道之气，有谦逊务实之风。我和二哥出处不同，对他早年事迹基本不晓。只闻初出道，就在老家四川酉阳（现在是重庆酉阳）开过餐馆，供亚伟及一帮兄弟吃喝。福克纳说过，作家最好的职业是做青楼老板，我深感其然，生理与生计一并搞定，便可心无旁骛，专志写作了。这份职业，当然也只在想象中，开餐馆却可以落地，古人讲，食色，性也，起码能占住一头。

20世纪90年代初，我蛰居成都，经历着一生中彷徨灰暗的日子。二哥杀将过来，开了一家“川东老家”，味蕾染上乡愁，遂成四川诗人的窝子。彼时四川诗歌江湖，人人心比天高，却都迷失在现实里举措无度。我们对生活一片茫然时，二哥已策马扬帆，先奔小康了。四川诗人聚会，从不谈诗歌，只比喝酒。诗歌是自家事，一说出来仿佛就俗，格局先小了下去，喝酒才是正道和王道。所以很多诗歌朋友，相互都知名头，对彼此作品实在不甚了了。二哥后来奔赴京城，继续开馆子，过着脚踏实地的生活。再后来，遇到有“京城孟尝”美名的黄珂大兄，二哥得以执掌“天下盐”十数年，一直至今。他兢兢业业，创意迭出，“天下盐”遂成京城川菜名店，声名远播。得力于诗人的悟性，二哥渐渐把作为一种营生的餐饮，提升到美食文化高度，多年诗歌历练，一下子派上了用场。厨子和诗人的结合，让二哥很快以美食作家名世。在当下，诗歌日趋边缘，他不经意间又开出一条新路。

吾国素有重美食的传统，两千多年前，圣人就食不厌精、脍不厌细了。诗人成为吃货，就同成为酒鬼情种一样理所当然，并可传为美谈，风月无边。苏东坡作《老饕赋》，珠玉滚滚，合色生香，吃喝成了艺术，吃货有如帝王，让人在碌碌尘世里，起天上人间之想。此赋奇崛，虽文词高古，足开人脑洞，值得全录：

庖丁鼓刀，易牙烹熬。水欲新而釜欲洁，火恶陈而薪恶劳。九蒸暴而日燥，百上下而汤鏖。尝项上之一脔，嚼霜前之两螯。烂樱珠之煎蜜，滃杏酪之蒸羔。蛤半熟而含酒，蟹微生而带糟。盖聚物之夭美，以养吾之老饕。婉彼姬姜，颜如李桃。弹湘妃之玉瑟，鼓帝子之云璈。命仙人之萼绿华，舞古曲之郁轮袍。引南海之玻黎，酌凉州之蒲萄。愿先生之耆寿，分余沥于两髦。候红潮于玉颊，惊暖响于檀槽。忽累珠之妙唱，抽独茧之长缲。闵手倦而少休，疑吻燥而当膏。倒一缸之雪乳，列百柂之琼艘。各眼滟于秋水，咸骨醉于春醪。美人告去已而云散，先生方兀然而禅逃。响松风于蟹眼，浮雪花于兔毫。先生一笑而起，渺海阔而天高。

窃以为人生大事，不过食色生死四字，其余文化、社会、制度、伦理、美学、精神、宗教乃至战争、阴谋、仇恨、杀戮等等，皆因此四字而起。东坡此赋，写出了食之道，即食物后面那生机勃勃的，不乏神秘意味的精神力量和最高想象，人生的一个维度，已到极致。后面张岱、李渔、袁枚之辈，就可堂堂然道化为技，做出一道道菜肴，开出一份份食谱，留下一个个癖好。二哥于此，深有体会，其美食著作中，有一本即名《味的道》，未来创作，尚有从《金瓶梅》谈晚明美食、《红楼梦》谈清朝美食的计划。此种构想，此种写作，我认为也是非诗人不可为也。

生于20世纪60年代的人，几乎都有着饥饿记忆。我童年的每个冬季，就得以红薯或其他粗粮作主食。那时日，一碗白米饭已如梦幻，何况肉糜。现在一些八零、九零后小美女，很难理解我们为了吃一顿，就可以驱车百里或飞行千里。多年前，周墙和亚伟曾相约用一到两年时间，在祖国大地上，一个县一个县慢慢穿越，吃尽华夏美食。我们能做到白眼权贵，笑傲名流，却对做一手好菜之人青眼相加，倾心交往。二哥入此道，朋友们自是大感欣慰。我应该是很早就支持和鼓励过他的美食写作。

回到诗歌，布罗茨基谈到，谁如果尝过诗歌带来的刺激，就会像瘾君子一样，再也难以忘怀。三十多年来，我们这拨人，不论多么坎坷，甚至被生活折腾得奄奄一息，内心深处的最高价值，还是诗歌。其中一些，在这大时代里如鱼得水，获得世俗功名后，还会回来写作。我不知道二哥是否也有长长的搁笔期，从这本《二毛美食诗选》来看，应该没有。他只是另辟蹊径，拓展了诗歌疆域。历代吃货诗人，当然留下过不少美食诗篇，但也不成体系。新诗百年，却无人敢碰这个题材。有一个观点，能否表现当代生活中那些非诗意的东西，比如环境污染、玻璃、塑料、资本、利润等等，是新诗现代性的保证。敬文东论欧阳江河就写道："在当下中国，玻璃和玻璃工厂却是一个不折不扣的现代性事件，值得有抱负的新诗操持者们一显身手。"那么，让酒肉、蔬菜、佐料入诗，把鸡鸭鱼蛋和姜葱蒜辣椒花椒当作词语，各种烹饪方法有如造句，再以诗人超现实的想象，让各种味有了道和诗意，单就这点，二哥已经不朽了。我们写作者都知道，写一些好诗或好句子并不难，难的是开出一块自己的领地，拥有一片自己的天空。其实，作为一个诗歌老司机，二哥的美食诗，有情、有癖、有色、有禅、有历史、有乡愁、有世故，有机锋、有臆想、有幻觉，整个一桌文字的满汉全席和感官盛筵。我想，要多幸福的人，才能写出这些诗歌啊。二哥恰恰有诗如是："面条/如太阳光线/照进尘世的红汤/荡漾食欲/从石磨流出的浆汁/淌过四季/向往油炸或者/清蒸如初/幸福的人生不过如此/一碗臊子面/加两个油粑粑。"

我与二哥相交，已逾三十五载。虽秉持不同诗学价值，二哥于我诗作却多有谬爱。这几年我四处游荡，在北京逗留期间，二哥常常会在“天下盐”约起小局，几个老朋友，二三爽朗可人的姑娘。此时，二哥会上些特别的菜，说是外面不卖，也不上菜谱，总之，每个菜都有说法。大家就着他制作的“二毛红”，谈天说地，忆往度新，身心轻松，尽显本来性情。人生之乐，原该如此，前人秦淮泛舟，西湖望月，其乐同也。上次饭局，二哥说要出版这本《二毛美食诗选》，索序于我，当即应诺。遂于2019开年之初，在大理欣然命笔。时天空高远，阳光炙热，大风长啸犹哭，游云恍惚迷离，若来日之不可期也。

赵野

2019年

目 录

第一辑 食鲜知味

第二辑　荤菜素吻

第四辑　豚身寻宝

第五辑　小食大观

第九辑　七戒

第十辑　须知

第一辑　食鲜知味

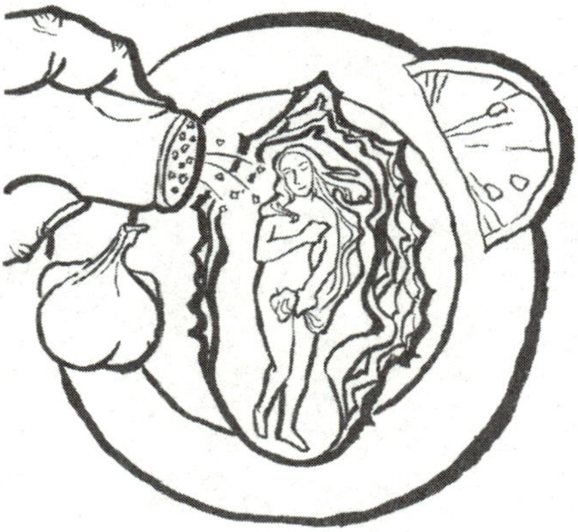

π 鱼

你从大海打捞起
一个又一个的圆
然后沿着它们的直径剖开
取出活蹦乱跳的π
烧豆腐或和肉片氽汤
当π由红变白
细嫩的浮出汤面
π =3.1415926……

炒　虾

其实虾仁好吃
先是通过菜名好吃的
翡翠虾仁
水晶虾仁
雪山虾仁
茉莉虾仁
夜香虾仁
芙蓉虾仁
还有醉虾
也是醉了

醋 搂 鱼

我看见醋之双臂，将一条清朝的鱼
搂进了味道的怀里
火候上的食欲
把爱的两面灼煎成金黄
西湖边
一个厨子正往锅里加入醋、料酒、往事和
初恋
当温柔之汤荡漾
一个诗人正吃鱼不吐刺、吃绝句不吐词

带骨甲鱼

蹩脚的团鱼
头顶王八的绿帽子
拖着被煎成两面黄的身子骨
在水酒中一路打酱油而来
它是要去武火中永生了
但当它走过帽檐上插满姜、葱、蒜
身穿超短裙边的姬
他便在文火中成了霸王

刀鱼二法

刀鱼雪亮
银光所到之处
波浪流血
是谁在刀锋上舔鲜
逆三月而上
洄游进鸡汤
把卵丢失在味之道上
于是明前得扬州名菜
双皮刀鱼
明后得江阴名点
素浇刀鱼面

鳆　鱼

鲍鱼
四个头
与暗礁密谋
贿赂的银锭
出卖波浪
晒干
或者终止味道
而让灯塔照亮的
是一种柔软的弹香
还有一只手
顺着涛声
摸到了大海的私处

海参三法

是谁让你孤独
越来越深
一直沉到了无味
在海的背面
你梦见了盐
味觉翻起的波浪
使云也变得柔糯
温补晚霞
我的海男子啊
最孤独的就是最营养的

黄　鱼

当海水涨过四月
漫成汛期
黄鱼便以肥嫩的娇艳
洄游至最好的吃口
产卵或等着冰鲜
于是小黄鱼向北
以香脆的姿态
朝向干炸
大黄鱼向南
绕过盐
潜入鸡汤
在金黄处成羹
自由散漫的味道
一个厨子正用芡粉收起

季　鱼

游动中的
一个词
鳜鱼书写的味道
那是烹饪的浪漫
咸从鲜中醒来
轻柔的
细郁在酱油之中
舔嫩
赤裸的舌头伸进蛋清
搅动腴润的吃口
这时芡粉在一片宁静中
滑亮耀眼

鲫　　鱼

鲫鱼在抵达口感之处
鳞片闪亮
性感细嫩
如同一个个柔润的词
畅游在曲的河流里
一首煎成两面黄的歌
稍稍用糖以起鲜
那是谁在清唱
像蒸过的
一条鲫鱼
在清朝
游进了鲜

鳝 鱼 丝

鳝鱼肥美
在端午和小暑之间
等候口感
味道男女
生爆柔滑而弹挺
红烧醇润而丰腴
遇情呈鲜
见爱滋补
在缠绵中细软而嫩
在欲火上清脆而酥

诗意的海蜇

看海蜇的
滑亮
听海蜇的
清脆
醋的小意思
表达了口感
宜拌
海蜇在酸和甜的中间
炫耀水晶
咸和鲜夹住的爽
破味道而出

鲥　鱼

从海的波和江的浪之间
鲥鱼穿过1998年的某一天
避开酱油、鸡汤和滋味
洄游绕过蜜酒清蒸之法
与波浪一起融化于平静
而忧郁
是鲥鱼最细嫩的部分
鲜美已流向远方
味道升至天堂
我看见
白云上鳞光闪闪

鲜　蛏

刀把蛏子
一把深插进海里的刀子
我看见味道的刃
在柔软与弹韧之间
锋利得清淡
在旺火与沸油之间
明晃得脆嫩
而在清鲜与肥厚之间
有一道舌吻划过

蟹

微醉的对面是蟹
菊一样的清蒸
使肉嫩到了唇边
丰腴
秋天私处的甘美
触感到了香润
那是一生的口福
蟹黄的阳光
照亮了食欲

鱼　圆

我看见
在鲜里的鱼
游进香
游进细
游进嫩
继而游进味
游进道
游进圆
游进吃口

第二辑　荤菜素吻

MUSCAT
30ml

炒 肉 丝

肉
切丝
纷飞
一些朝向干煸
一些朝向甜酱
而另一些紧跟葱姜蒜
朝向鱼香
那是泡辣椒的香艳
在肉丝的滑嫩处
相遇
让舌头激荡
在甜与酸之间
充满口感

颠不棱即肉饺也

麦浪
从南北朝滚涌而来
敞开面皮的海
包裹日出
拌进星星的馅
升起朝霞的味道
在天空这碗蓝色蘸碟的两旁
右边混沌为阴
左边饺子为阳

黄氏牛肉

将牛腩用盐用初恋
用料酒码味
随老姜
独蒜
激情
泡椒和红颜
香料和小清新
一起下油锅炒至金黄加汤
先用十八岁的猛火
后转五十岁的欲火慢煨
在三小时后的香辣中
有爱的柔软
轻的黏糯
恋的缠绵

荤菜素吻

有一种吻很肥
有一种吻很瘦
有一种吻像五花肉

活在荤素之间

在男人和女人之间
你做媒人
在荤和素之间
你炒鸡蛋

火　锅

夹一片毛肚
伸进麻和辣之间
穿过烫
在鲜的底部
触到了深刻
而香从脆嫩中升起
飘向90后的民间
闻到萌的味道
滚滚红颜中
是谁在翻烫薄命

韭 盒

韭菜
一直绿到天边
天盖地
合一
孕育一个春天的韭香
里面
糯软肥嫩
白云的猪板油
炸出太阳的金黄

萝卜汤圆

让萝卜丝
依偎在红烧肉的怀中
温柔地吮吸腴润的汁
在味道中发育生长
然后成为小蜜
成为馅的口感
刚露出纯朴的甜
就想被糯米小生包养
在宁波的郊外成为汤圆

蜜 火 腿

一只油亮火腿
如同鲜香的第三者
从闺蜜之中抽出
与笋子打情
和白菜打俏
约猪腰在鸡汤中勾搭
成奸
成扬州名菜火腿酥腰
于是我看见袁枚在隔户偷窥
一只云腿
深深插进了味道

苗寨的菜豆腐+西水河船上的荷叶豆腐鱼

西水河上
河水煮着河鱼
那是一条木船划进口味
白鹭的倒影是撒进波浪的盐
让荷叶盖住骚动腴润的初夏
让菜豆腐在民间充满雪意

牛　舌

牛舌
牛身上最接近味道的动词
卤过之后
成为形容词
在咸与甜之间
呈舔的状态
那是舌尖上
味蕾盛开的一遍草原
青青的瘦肉
一望无际的软弹
在细嫩的纹路里
充满了口感

茄二法

在清朝
吴小谷广文家炊烟袅袅
油炸的黄昏飘散着猪油煨甜酱的芳香
一如孤独之茄在味道深处露出的方向
在清朝
卢八太爷家小炒之声微黄
融入酱油的滑嫩之甜透过雕花木窗
一如灯泡之茄照亮了民间

问政笋丝

雨后
春笋如炮弹
炸开四月
溅起一片片日子的鲜
竹子喂养的小孩
在烹和调之间玩脆
味和道之间耍盐
把童年晒成笋干
那是竹子孤独的背影
活在口味中
用玉兰片的芳名
迎候热烈的火腿
或者深沉的咸肉

乌 鱼 蛋

在深秋里
那片乳白
墨鱼的子宫
梦见的鲜
洒向营养里的
一片片钱
收买了醋和胡椒
于是芡粉收紧味道
派鸡油巡逻
让香菜在汤面上放哨

苋　　羹

张爱玲径直走向
朱自清的荷塘月色
采莲和采荷叶
做成丰腴香润的粉蒸肉
满口遥远的粉滑
味蕾上盛开的酥烂
直达味觉的最深处
在那里
升起江南的晚霞
于是我看见
苋菜染红的天空下
胡兰成的肉欲
慢煨着张爱玲的春梦

羊　　头

羊脑想着白云
羊舌恋着草
千里风中
羊耳听见
灰太狼在爆炒
羊鼻闻着峰坡
羊脸朝红烧
夜明珠里
羊眼看见
吃货在清朝

蒸　鸭

鸭子
鹅的表弟
一只从远古飞来的鸟
被闲云迫降于田野之上
成为凫的东西
划过春江水暖
裸游向清蒸
在鸡汤中与火腿亲热
鸳鸯味道
在芡实中与虫草野合
密谋大补
其实你真实的意图
是那棵参天大树上
结满的卤香鸭子

第三辑　素心淡雅

SPINACH
SEGAR 1929

菠　菜

菠菜和豆腐
根红苗正的一对
如记忆中的老夫少妻
菠菜用肥柔的碧绿烩春
用十七岁的鲜嫩蒸蛋
而被岁月这口油锅
煎成的二面黄豆腐
正用滋的欲味的望
等待着和菠菜煮汤

冬　　瓜

在冬瓜红烧鳗和燕窝之前
一直和小秘虾米白烩在一起
尽管冬瓜曾用清炖拥吻过鸡和排骨的鲜香
当中年的素和年少的荤不在味道中缠绵
冬瓜断然离开丰腴修长的火腿
去扬州定慧寺表达一生的清淡
而这之中
上乘的吃法是
夜煨孤独不用荤汤

冬　　芥

红
在雪中
一点点
如同甘
在味中
开遍
无边无际的汤
荡漾成
雪里红的酒窝
盛满红颜
那是烹调的妹妹
在脆嫩中
给笋子做妾
又在滋润里
成了肉的情人

豆　腐　皮

豆腐皮
黄豆的表侄女
豆浆的皮肤
豆腐的瘦肉
在汤里
与小白菜柔软
韧弹至爱
那是放浪的鲜
麻辣火锅中的妹妹
在香和艳之间
上下滑嫩

豆　芽

豆芽如江南村姑
在相思中白嫩
常自恋着炝炒一盘
或正成为海米的小三
直到有一天遇见
媒人袁枚牵来燕窝这匹白马王子
当晚豆芽就以柔脆相许
结为名菜

豇　豆

加激情爆炒
用欲火红烧
临上桌
去掉油荤的那个亲
十七岁的豇豆
脆嫩热恋中

韭

一字表示大地上
长满了韭
那是韭叶四处披散
张开的香
迎接着壮阳
我看见帝王
用一年之头鲜祭祖
在周朝的二月献上小羊
诗人们隐藏谷雨之后
伺机开刀
头刀品新韭
二刀尝肥嫩
三刀炒鸡蛋
刀刀剪味道

牛首腐干

豆干
是豆腐做的一个春梦
金黄的梃
口腔中柔韧的弹
常与芹菜偷情
约茭白私混
在江湖中和花生米成为闺蜜
那是相依为命的味道
生为白酒而生
死为白酒而死

芹

当芹素到极端时
离肉丝最远
当芹低调到根部时
离青脆最近
云梦之芹啊
你用谦虚之味相拥豆干
然后用骄傲之青抚慰肺片
是谁在民间调味
境界中的芹
随幽香生长

熟　藕

荷花
藕的女儿
一出污泥
就怀上了莲子
满荷塘的月色
从九孔流出来的羹
莲子
莲子
你是荷花妈妈和谁的
藕断丝连

松　　菌

我小平头的童年
离油和肉很远
离鲜和嫩很近
蔬菜都分明的长在四季里
阳光照射着辣椒和仔姜
那些最真实的味道
初夏里的清香
是母亲做饭的一个侧影
如今一场雷雨之后
只有松菌依然生长

酸　　菜

我看见初恋的冬菜心
被一遍粉红所风干
厨者正加细嫩之词微腌
然后加糖、蜜月、醋、热吻、芥、带卤入依偎之中
当盛大的宴席醉云饱雨
青脆的酸菜开始解酒解腻

莴　苣

童年
如一枚煎蛋
金黄油亮
在汤中
等莴笋叶的脆嫩
呈现一种吃法
那是母亲的慈爱
随口感
翠绿到了天边

第四辑　豚身寻宝

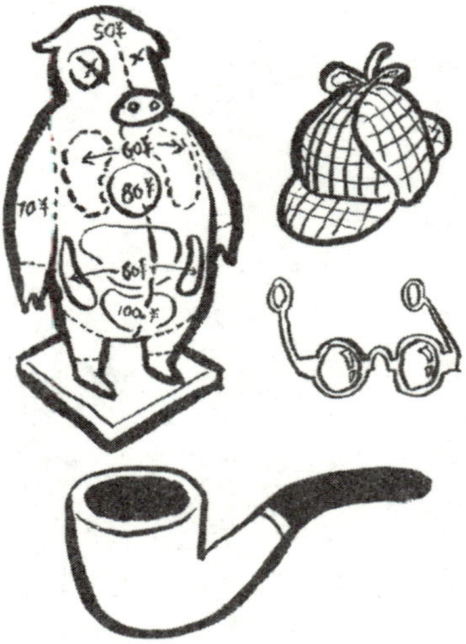

Ceci n'est pas une pipe.

白 片 肉

猪
黑毛
在清早的乡下
长了一年的膘
呈煎煮炖炒的各个部位
粉嫩而紧实
它曾试图躲过出栏
躲过人怕出名猪怕壮
躲过味道
但在烹和调之间
肥瘦已经分明

粉 蒸 肉

诗人周墙
半肥半瘦
提一块猪肉
也半肥半瘦
晃荡着
穿过80年代的某一天
敲开准老丈人的房门
墙哥要去冒险做一道粉蒸肉了
用藏进肥而不腻的绝招
抬高吃口
让婚姻就范
当大米和花椒被炒到金黄的那一刻
墙哥预感到了
扑面而来的嫁
随花轿来临

排　　骨

在灵魂与肉体之间
排骨孤傲地把滋味悬着
等待着糖醋
孜然或者糟香
高手用烤来触及
用蒸来安慰
在烹和调的双向味道上
尾气排放着排骨之香

猪肚二法

猪肚
一套子
可装鸡装鸭装人生
用爱欲之火清炖
以极烂为度
在肥与瘦之间切片
蘸清盐和口红食之
从此每天都有柔在蠕动
脆在发生

猪肺二法

我仿佛听见敲之仆之的声音
从清朝那边传来
一叶猪肺
挂之倒之于胃口之上
鸡和火腿在千里之外等待
汤用味波及文火慢煨的恋爱
于是我看见汤西崖少宰宴客的餐桌上
鲜柔的肺片如白芙蓉盛开

猪蹄四法

桃花在树上盛开时
蹄花在锅里盛开
丽盘起头
折一枝桃花别在头上
丽用小口咀含蹄花
细品柔弹之爱
让胶质在皮肉中腴滑
肥糯在透明中充满口感
如同袁枚在钱兄家吃到的神仙肉
镜中是清朝的那个丽
那个姑娘

猪头二法

在晚霞映照着的猪头旁
穿着长衫的诗人身影
袁枚正欣然下筷
尝试着清朝的咸淡
深入核桃肉内部
品味猪的思想
文火细煨的愚笨
用葱、初恋、八角、甜酒及柔情同煮的软糯
爱恋像猪头产生的幻觉
酥烂的青春深红油润

猪　　腰

一对猪腰
在洁白的板油深处
柔嫩而富有弹性
如少女的乳房充满手感
通过烹调逼近素的东西
离肥肉很远
离瘦肉很近
在连接不断的脆嫩中下酒
又在腴滑香艳的滋润中下饭
你白日梦里的那一口
在树上
随腰花开放

猪油煮萝卜

在萝卜决意单身之前
初恋过猪油
盛开过十七岁的蒜苗花
之后用炖的姿势
缠绵上了猪蹄
并用柔糯大秀恩爱
之后在红烧舞会上
闪电般爱上了牛肉
并以香菜之翡翠炫耀
这让土豆吃醋
嫉恨
继而孤独的发芽

第五辑　小食大观

茶 叶 蛋

饥饿
咖啡色的天空
闪电抽打的茶蛋
冰纹一直伸到口感
那些卤水的秘密
浸满滑嫩
然后破壳而出
盐的天机
泄露蛋黄的酥软

大 头 菜

太阳下
我看见母亲把绿色的大头菜
扎成一个又一个的小捆
挂在了晾衣竿上
那是上世纪60年代的某一天
母亲把菜头切十字刀放进簸箕
把粗盐、花椒、红糖和爱
撒在菜头上揉搓进味
然后腌进我密封的童年
在梦的最深处发酵出幽香

饭

仿佛又听见淘米的声音
从上世纪70年代传来
接着黄昏中升起炊烟
我看见
稻浪依然在秋收中翻滚
溢出江湖的米汤
你添柴加火
红光满面
把童年焖烧成少年
在生长发育的一个初夏
你把生米煮成了熟饭

腐　　乳

当豆腐辉煌时
和肉或荤东西厮混
常起一个油锅
表达两面金黄
当豆腐堕落时
先长毛成为朋克
然后在味道的极深处
化为腐乳
于是我看见豆腐的两个极端
一端时尚地相拥鲍鱼
另一端传统地靠近馒头

葛仙米

葛仙米
发菜的表妹
从道士葛洪处出走
带着温柔和爽脆
嫁给鸡汤随汤
嫁给火腿随腿
葛仙米啊葛仙米
你有时遍野救荒
有时又守寡凉拌
有时在皇帝的餐桌上做木耳状

鸡　　蛋

磕破环球这个蛋
搅打蛋液的江湖
在东方炒香细碎阳光
又在西方用猪油蒸出月亮
接近牙祭
但又远离肥瘦
在荤和素之间
你炒蛋
葱花成了小蜜
桂花飘进了炒饭

酱　　姜

姜
葱的情人
蒜的兄弟
辣椒的表哥
花椒的表妹
在味中调情
在道上示爱
在肉的江湖中
去腥增香

蕨　　菜

蕨菜很野
长在风中
山坡之上
白云之下
口感孤独
味道荒凉
迫使根伸向粉末
插手营养
一块块亮晶晶的蕨粑
与山里的腊肉野合
散发绿色青蒜的快感
这时枝叶向鸡汤示嫩
做煨状卖萌

千层馒头

包子是馒头的一个梦
在麦浪里
在缠绵千层的内心
怀上一个馅的东西
那是用青葱的春
香艳过的油润的肉
盛开幸福的褶皱
而现实中
雪白的馒头
如妹妹们的肌肤
温柔而富有弹性

腌　　蛋

在午刻切开一只咸蛋
如同分开上午和下午
白雪中的红日
在上午耀眼
在下午沙酥
袁枚企望高文端那双筷子
夹给他那只流油的
红艳非凡的那一口
用一生去张着嘴
用一辈子去问高邮

杨公圆

圆子
肉最具美感的表达
立体几何的香
在πr的体积中
相间而酥
而嫩
而儿女情长
在芡粉和爱恋中滑向细腻
又在弹柔的圆球上充满口感
肉圆子的肉啊
味在肥瘦中各半
道在快剁细斩

粥

粥的样子
柔糜
倒映月光
从糯米中流出
涓涓
汇成养的汪洋
在天地之间
我看见
人在粥里
粥在人里

竹 叶 粽

我看见端阳之水
随节日高涨
漫过童年
火雷子鱼游在七岁和八岁之间
鳞片纷飞
在丰收的糯稻中追逐粽子
但味道已远离火腿
馅咸淡空虚之中
竹叶的绿已退守至笋子的脆
只有那束菖蒲
依然斜挂在洪府的门上

第六辑　箪食瓢饮

茶

蓝天泡白云
黑夜泡闪电
社会泡人生
人生泡二毛
二毛泡茶

酒

酒在巷子的那头
醉在这头
疯狂桃树
花开酒杯
是谁开启月亮这枚瓶盖
一两 二两 三两
随灵魂直上天阶
艳遇宫保星星
或油炸闪电
纯黑夜的下酒菜

龙井茶

一片一片的
茶叶
在水中
缓缓舒展
浮上天空
这只透明的玻璃杯
芽芽直立
默默的
汤色
从清晨的绿
渐渐滑向
傍晚的黄
从此一个人的一生
坠入龙井

绍 兴 酒

把米和小麦押韵
酿入唐诗里
澄澈透明的汉字
充满香气
陈年的意境馥郁
醉的尽头浓烈
诗仙李白
渐成琥珀颜色

温　面

我看见
天空这口大锅
煮着光线的龙须面
或者
丝丝小雨的细面
用太阳煎蛋的浇头
或者淋上
星星的脆臊
那些拌和日子的杂酱

油粑粑+臊子面

面条
如太阳光线
照进尘世的红汤
荡漾食欲
从石磨流出的浆汁
淌过四季
向往油炸或者
清蒸如初
幸福的人生不过如此
一碗臊子面
加两个油粑粑

芋 羹

芋儿
玉儿
我轻轻地叫
声音抵达的粉嫩
滑糯了想象
我一点点地吃
舔食触击的细软
动摇了口感
蒸之上
我看见蘸满白糖的养
止住了痛
愈合成一个谜语
三月孤自去
八月一起归
打起青阳伞
牵着娃娃回

第七辑　名人食单

BURGER
Pizza
Café
COLA

白　云　片

诗人袁枚看见
锅巴
在蓝天这口锅里
如白云一片
等着上口
那恰好是二毛童年的记忆
在整条小街上香
又在幽深的巷子里脆
微加白糖或包裹盐菜
背靠黄昏
咯嘣咯嘣地咀嚼着夕阳

大千的厨艺

大千把猪油泼向宣纸
七成油热的激情
细切成的一笔一画
和姜蒜米一起下锅
爆炒一个字或者一朵花

随小笼牛肉上桌的
是粉蒸的仕女
用土豆或者爱情垫底

当红颜一次次的煮烂鱼翅
大千的墨汁收干了乌参
进味了
在章法的火候中
连接烹调通向绘画的技法
是那润香
是那薄芡的滑
在味道中的留白

蒋公的胃口

蒋公的副官和服务人员
一早起来
就在30℃至40℃之间奔忙着
为了调剂一杯温度和胃口
一样高低的白开水

而此刻
厨子正在咸淡之间
正了正衣冠
从镜中端出一碗叫养的鸡汤
荡漾之味
波击八十的寿命

一如芋艿头抵达软烂
黄埔蛋炒向甘香
以及糖醋溜出的河山

京城玩家王世襄

王世襄玩吃
如玩清淡的花鸟
厚味的明代家具
香醇的背景
是长在冬至上的葱
爱上了大海游来的虾米

那是在味和道之间
手法隐藏在煨之中
冬笋和茭白尽显糟的奥妙
牛舌以炖焖的方式
与胡萝卜度起蜜月
在糖醋的交叉小径处
一代又一代的蘑菇
随王世襄的手艺生长

鲁迅的菜

当鲁迅在风波里
用乌黑油亮的蒸干菜下着
松花黄的香米饭
这时一条蒸鱼
从狂人日记中
细嫩腴滑地游向
孔乙己坐东朝西的胃口

一颗带着桂皮之香的
茴香豆掉落地上
那是孤独者魏连殳
用落寞熏着迅哥儿的鱼头

在酒楼上
鲁迅打了一斤黄酒
用十个浇有辣酱的油豆腐
暖和着大雪纷飞的社会
顺着味道向窗外望去

外酥里的内嫩
软绵中的透空

三原于右任

三原于右任
爱吃三原的辣子煨鱿鱼
从胡子里的香辣爽口
便可感到生命的滋味醇厚

三原于右任
也喜欢苏州的鲃肺汤
鱼肝如美女肥嫩之吻
汤清隽永似美女透明酒窝

三原于右任
心胸豁达面色红润
用芡实炖老鸭滋润人生
煨上联成不思八九
拌下联为常想一二

谭延闿的鱼翅

翅针鲜亮
在深海
烹饪的尽头
缝补组庵的胃口

探索味道的一方火腿
左边是赋味口蘑一斤
右边是煲汤肥鸭一只
彼此文火慢炖地前行
三天三夜
穿过紧收的汤汁
绕过可能的肥腻
直达软糯的光线

杨中丞豆腐

被一个男人下酒的时候
豆干正在弹韧处
回忆
她当豆腐时的风韵犹存
当豆花时的少女之心
那时一碟小米椒配香菜的蘸水
就酸辣的候在天气之外
邓娜细嫩初恋新月
等那柔白落一场雪

郁达夫的下酒菜

当郁达夫的舌头舔食着西施舌
肉燕如长春花朝鲜嫩盛开
烈日一边西下一边软煎着海蛎
蓝色的波浪起伏着壮阳的醇香

然而达夫用一生来守候的
是深情的鸡汤中
用热恋烫熟的海蚌
透明的腴滑
远方的清鲜

那是海天一线处
梦中的那一口
永远停靠在了福州的码头
把着酒
等妹妹的细嫩
鲁迅的酒

袁世凯的补

当一只清炖鸭子
在倒映着鲜美的汤面上
从慈禧的那个味
糯滋滋地游向袁世凯的那条道
味道把炖直接提拔到了蒸

躲藏在厨师身后的烹饪
做滋阴壮阳
以45度角朝向后宫

从此鲫鱼味甘性平
游向温中健胃
铁锅蛋油润明亮
在一阵阵的鲜嫩中
软绵而香

在东兴楼

在东兴楼
胡适坐南朝北
左边一道鲁迅
右边一道达夫
下着民国十一年的晚酒

在东兴楼
胡适用酱爆鸡丁
嫩滑酱香了鲁迅一生的才华

在东兴楼
胡适用油爆虾仁
滋润柔弹了达夫一世的情缘

在东兴楼
十年后的胡适依然坐南朝北
左边一道孤独
右边一道落寞

下着民国二十一年的晚酒

在梅腔中

梅兰芳一生最喜欢两个厨子
一个是川菜大师伍钰盛
代表作有宫保鸡丁
另一个是淮扬菜大师王寿山
代表作有鸳鸯鸡粥
这说明川菜和淮扬菜是可以融合的
那是醇厚中的清淡
亮开清淡中的醇厚
在味的道上
在梅腔中

张爱玲的饭

张爱玲径直走向
朱自清的荷塘月色
采莲和采荷叶
做成丰腴香润的粉蒸肉
旗袍般裹着的柔软
月光的味道
上海女人的味道

满口遥远的粉滑
味蕾上盛开的酥烂
是谁在一千次的脆嫩之后
又一万次的柔润
直达味道的最深处
升起江南的晚霞

于是我看见
苋菜染红的天空下
胡兰成的肉欲

慢煨着张爱玲的萝卜

张学良的口味

张学良在吃白肉血肠时
想起了父亲在雨中的那场祭祀
白肉软熟血肠细嫩

张学良在吃熘肝尖熘腰花时
想起了如花似玉的赵四小姐
肝尖滑嫩腰花柔脆

张学良在吃红烧肉时
想起了银行家卞福孙的胖厨子
软甜香糯肥而不腻

张学良在吃白切油鸡时
想起了谭篆青的三姨太赵荔凤
鸡皮爽脆鸡肉软嫩

张学良在台湾吃火锅时
想起了东北的酸菜

想起了贵州的幽居
想起了丢在辽宁的重口味

致黄珂

是谁抽走风水中的盐
把高汤变薄
是谁关闭季节
不让味蕾花开
深沉之鱼
肤浅之虾
纷纷绕开味道
紧迫的形势逼你上灶

第八辑　人间味蕾

SWAT

暗杠之香

碰到你是想杠你
杠你是为了那朵盛开的花
守身单钓的相思
使九筒成了你大哥
五条成了你表妹
一念之差，明杠熄灭
幺鸡趁机红杏出墙
咕咕地成了别人的搭子
此刻，暗杠风声四起
或者在恋爱中拆叫
或者把暗杠明杠存进银行
或者干脆他妈放一炮
并配上一朵雕刻的杠上花
再来一盘用于自摸的卤鹰爪
多加点根或叫之类的油水
肥硕之杠来自饥渴
来自肉和翘首相望
就像等待前来赴约的情人

我等待肥上加膘的八万
于是我看见所有的杠排满二月
等待着杠上之花开满春天
我看见满园清一色已关不住
自摸之手在炉火中通红
是谁播下了下叫的种子
是谁拆去了暗杠之花

龚滩：绿豆粉

绿豆和糙米
在乌江边上的龚滩古镇
用缠绵和纯朴
表达千年的口感
一个身怀绝技的冉氏女子
坚持用石磨和柴火
把久远的味
传承入了道

龚滩：夏家院子

夏平的豆干
是龚滩豆腐做的一个春梦
金黄的梃
口腔中柔韧的弹
常与芹菜偷情
约腊肉厮混
在江湖中和花生米成为闺蜜
那是相依为命的味和道
生为烈酒而生
死为烈酒而死

鬼　饮　食

你用公东西泡酒
母东西煨汤
小情人蘸酱

诗歌是菜

当万种柔情
温补你脆弱的身体
声色犬马为肉
冰清玉洁为汤

他和烤鸭

烤鸭蜷缩在盘子里
他蜷缩在餐馆里

烤鸭摆在他面前
他摆在老板面前

烤鸭冥想着春江水暖
他冥想着南方温柔的妻子

窗外是另一个世界
下着雪

为心爱的人下厨

炉膛里 柴火为你燃烧
房顶上炊烟为你袅袅
我系上围腰
手握明晃晃的菜刀
心爱的
你想吃什么
阳光拌豆苗
月亮煮清粥
米线过小桥
再加上两支红辣椒
心爱的
你只要喜欢
我会为你把春风用来清炒
雨丝用来下面
落叶用来红烧
哪怕去捉五洋的鳖九天的鸟
飞雪山中的野味道
哦

你是盐你是醋你是酱我的红颜调料
只有你懂我手中的勺秘制的香料
鼎沸中的微妙
情爱中的独到
你说我下厨的样子好爽好飘
说这顿饭是你一生中的美味佳肴
哦
心爱的
只要你需要
我会永远紧握这把菜刀
为你下厨到老
下辈子也为你烹调

像鱼香肉丝一样的美女

作为川菜中最具代表性的鱼香肉丝
具有酸辣甜咸兼备
姜葱蒜香味突出
成菜飘逸而不轻薄
红亮而不油腻
按照民间做鱼的味道而得其芳名
那么，你在哪里
我的有“鱼”有“香”有“肉”成“丝”的美女
我的沉鱼落雁、满实香润、肉嫩腴美、丝丝秀
发的美女
我寻找你
沿着美食的路线图
沿着满街闪耀着的一见钟情
我用天生丽质之肉五两
知识的混合油一两五钱
智慧之盐三分
相思的酱油八钱
慈爱的白糖四钱

差涩之醋三钱、细嫩的姜、蒜米各三钱
性感的泡红椒八根
体香之葱花六钱
滋润的水豆粉一两五钱
温柔之汤一两调你
用丝绸之火
七成油热之欲望烹你
在川菜的“七滋八味”中
　　你占了我最爱的酸、辣、甜、咸“四滋”
　　你是八味之中的首味——鱼香
从此
我就叫你“鱼香”，或者“鱼儿”，或者“香儿”
当着哥儿们的面我就这样叫
当只剩下我俩的时候
我就叫你“肉丝”
我的肉儿
我的“丝丝”
在饮食之道上
你色香与味道表里如一
在情爱之路上
你漂亮与风韵并驾齐驱
漂亮女人常常缺乏风韵
就像工艺菜中看不太中吃
而风韵女人往往不够漂亮
就像家常菜中吃不太中看
漂亮是色、香、器

风韵是味、形、意
而你
我的鱼香肉丝
虽然不是名门望族
大家闺秀
但你既中吃又中看
还让我牵挂
猛流口水
想杀回马枪
产生性幻想……然而幻想归幻想
牵挂归牵挂
你在哪里
现实中的正宗的鱼香肉丝
现实中的像鱼香肉丝一样的美女
于是
我只有一边咬文浸蘸红颜
一边嚼字翻烫薄命
在烹如诗调如歌的技法中
美丽和味道悠远流长

饮食习惯

你喜欢肥的不喜欢瘦的
你喜欢火巴的不喜欢硬的
你喜欢花的不喜欢素的
写字用左手
吃饭用左手
抚摸也用左手
接吻用上嘴唇

你喜欢上半身不喜欢下半身
太油腻不行
没有一点油又不香
你吃鱼不吐刺
吃绝句不吐词
亲嘴不放葱花

豆腐你喜欢老的
厨师你喜欢胖点的
卤鸭子你喜欢疯点的

要使拒绝之吻又炽又糯
用柴火
从少女成熟到少妇
上蒸笼

你喜欢用公东西泡酒
母东西煨汤
你喜欢鸡米萝卜干下饭
罗腊耳朵下酒
女朋友回锅
玻璃般透明的肥肉

你不吃甜食
那些用蜜月揉捏的点心
用形容词和壮词摆设的婚宴
你不吃兔肉
因为兔肉没有肥肉
你不喝红酒
因为海鲜下黄酒
烧烤下啤酒
孤独下白酒
你不吃现代野菜
那些假装在餐桌上的时尚
你喜欢真正的野东西
你建议把家养的蛇、猪、牛
团鱼、花、风筝、老婆等等

统统放出去飘荡流浪
一个月迅速变成野东西
变成赚钱的生态食品
野的鲜　野的香

你喜欢黄豆烧肉
豆腐煮鱼
甲骨文炖鸡
白水南瓜加春色加风筝
你是唯一喜欢的素
你喜欢肉片
汆进四月这锅清汤
你喜欢月广粥
烧烤深夜之蝙蝠
你喜欢香辣雨丝面
加绿野然后放上葱花
你喜欢唇上长颗黑痣的鱼
你偏食

第九辑　七戒

EXIT

戒暴殄

口感破败
味蕾纷纷凋零
飘落在鲥鱼的背上
那是一些鲜
勾引胃口偷窥
撩起的甲鱼裙边
一个腌蛋
蛋白之中沙沙声升起的蛋黄
照亮吃的方向
我猛然回头
看见绞绳上的厨房
又是谁在逼供口福
热锅里泥鳅拱着豆腐

戒穿凿

味道
味的道
在道上
味在前行
自然的脚步
踏着时节
从立春到冬至
每一站的食物
都保持着原样
时令上的鲜
闪烁的露珠

戒耳餐

我看见真正的美味
是悬崖上燕窝之外的飞翔
海参体内的涛声
刀鱼银光闪闪的锋利
我渴望
那条流淌过民国的河流
清澈见底的鱼
那遍青青的原野上
走动着的啄虫子的鸡
灶台上悬吊着的古法

戒苟且

吃家袁枚透过炊烟发现
一个厨师正离滋味很远处放盐
在口感之外恣意草率
厨者已不能明辨火候金色的光芒
在赏和罚之间徘徊
而吃者在咸和淡的交汇处
寻找着那一遍适中
用激情的酱油和暧昧的玻璃芡
修筑一条光滑的味道
那上面
厨者和吃者在互动中教学相长

戒　停　顿

在秧苗长成粮食的过程中
不要立夏
挡住成熟
停顿在谷雨之中
然后把人生煮成夹生
让时间在秒针上发霉
当老鼠在丰收上打洞
你在稻田里垒起柴火灶
静静地等米下锅

戒外加油

你把吻、初恋、亲亲、怀春这些细嫩之词
挂上抒情之糊
投入诗人的油锅
油炸至语言金黄香脆
在肥而不腻的蜜月中
一条鱼被形容成一个词
游进了麻辣
沉入豆芽的底部触到了水煮
这时背影遮住了味道
是谁在香煎一只养生的鸡蛋
让一轮明月在明油中升起

戒　纵　酒

在酒之路上
我看见一直摆到天边的席桌
晚霞煨鸡杂下酒
麻辣烘嘈杂下酒
超现实人气下酒
烧烤下啤酒
海鲜下黄酒
孤独下白酒
女朋友下纵酒

第十辑　须知

大饭店

菜的界定

川西菜，平原、丘陵、风和日丽
川东菜，高山、流水、月黑风高

搭配须知

鲜笋频频自慰
以后和雪里蕻
再以后与牛肉私奔成一道名菜
那是在一个深秋
你让蘑菇守寡或成为剩女
把冬瓜嫁给五花肉
生下泡软饭的汤
面对荤油般的高富帅
芹菜守身不住
以屌丝的体香招惹豆干
通过糊辣炝炒到达高潮
你则身披百合和刀豆
以素者的低姿态
轻轻进入味道

火候须知

谁能告诉我
体温要达到几成油热
情欲该拿到什么火候
才能使美女细嫩可口
然而真正的美女
拒绝爆炒或红烧
顺从清蒸、沐浴或骨瓷器皿

器具须知

阴的器
装满阳的物
比如盛开
装满山含苞欲放
比如河床
装满江汹涌澎湃
从陶瓷的窗户我望见
天空盛满了飞翔
一年盛满了四季

色臭须知

一盘清蒸的秋云上桌
你是否闻到了雨的味道
看起来像十月
落叶纷纷飘落的样子
那是谁在颠锅
炫耀黄金的时节
艳如琥珀的灿烂

时节须知

在三月
味蕾如花朵
盛开食欲
一枝椿芽
从寒冷中伸过来
想要
和鸡蛋爱在一起
暖暖的
软软的
通过烘的抚慰
呈现那一种春的口味
其实那是一首情诗
插入娇嫩的三月
好深好深的香啊

调味须知

糖醋轻轻地
浸进甜酸
在味道的一端
遇见宫保
另一端
邂逅鱼香
如同姐妹俩
通过花椒和姜
在看得见醇香的酒中
同时爱上了辣的尖端
爽口的光芒
那营养的
淡淡的忧伤

洗刷须知

她用镊子轻轻夹去
粘在月亮上的一片羽毛
然后用星星擦洗午夜这匹海带
清炖
让黑暗流出月光的汤汁
温柔的吃口
在纯素里遇到了腴滑
又在恋爱中感到了咸鲜
抽去白筋的梦里
一个厨子正给一面镜子焯水

先天须知

我看见齐国御厨易牙
为获取滋味而宰杀着波浪
白肚的鲫鱼趁机扁身逃向清淡或者无味
此时
阉割之鸡偏向嫩的一边生长
朝着帝王的胃口
薄皮之猪
喂骨之鸭
从此肥硕地走上孔孟之道
比笋和火腿更加鲜美的
是台州的干鱼在冰和炭之间向往着海洋
而这些
岸上的厨师只看见了六成
因采买早已收走了另外四成

选用须知

阳光中的飘雪
我看见反季节
在四季之外
南北烹饪
无从选择
石头要鲜活的
你在长江的扬州段
等洄游过来的漏网之鱼
在虚掩着的门后
捕捉门可罗雀
而在漫天飞舞的鸡毛中
你追寻着一只鸡飞狗跳的鸡

用纤须知

把某个清晨
挂上太阳之糊
油炸成好日子
把某个夜晚
浆上月光之芡
慢煨成两个人的缠绵
滑嫩
喃喃的鲜
是谁在揉捏历史这个肉丸
用粉
用拉船的纤
在流淌着的米汤的河流中
我看见黄昏这口大锅里煮着光线

作料须知

用一块一见钟情的骨头
煲一锅温柔之汤
加点盐、糖、口红、酒和几滴香醋
汤之荡漾呈现爱恋
那是十七岁的西施
对荤油和老姜的向往
于是我看见吴国的帝王
用公东西泡酒
母东西煨汤
小情人蘸酱
接吻概不放葱花